AF475680

GILLES-ROBINSON

ET

ARLEQUIN-VENDREDI,

IMITATION BURLESQUE

DE ROBINSON CRUSOÉ,

EN TROIS ACTES, QUI N'EN FONT QU'UN,

A GRAND SPECTACLE,

Mêlée de Chants, Danses, Combats, Marches, Pantomime, Evolutions, etc.

Par MM. Alexandre GUESDON et SIMONNIN,

Représentée pour la première fois, à Paris, sur le Théâtre des Jeunes-Artistes, le 19 Vendémiaire an 14 (11 Octobre 1805).

PARIS,

Chez FAGES, au Magasin de Pièces de Théâtre, Boulevard Saint-Martin, N°. 29, vis-à-vis le Théâtre des Jeunes Artistes.

1805.

PERSONNAGES.	ACTEURS.
GILLES-ROBINSON, habitant d'une île peuplée de Charbonniers.	M. *Robert.*
ARLEQUIN-VENDREDI, ami et compagnon de Gilles-Robinson.	M. *Foignet.*
MAMA, épouse de Gilles-Robinson.	M. *Liez.*
L'ENDOR, fils de Mama et de Gilles-Robinson.	M. *Lefebvre.*
DON GIGOT, frère de Gilles-Robinson.	M. *Gonthier.*
TAQUIN, amoureux de Mama.	M. *Noël.*
SUCRE-CANDI, ami de Taquin.	M. *Douvry.*
DESBÊTISES, vieille gouvernante de Mama.	Mad. *Vautrin.*
GLOUGLOU, père d'Arlequin-Vendredi.	M. *Delpech.*
Troupe de Charbonniers.	
Troupe de Mariniers.	

La scène est dans une île.

Le Théâtre représente l'île de Gilles-Robinson. A la droite du spectateur, on voit une niche à **Polichinelle** *; la porte en est fermée par un rideau. Le fond du Théâtre représente la mer.*

GILLES-ROBINSON.

SCENE PREMIERE.

ARLEQUIN, *seul dans la cabane.*

(*Il est endormi auprès d'une table sur laquelle on voit des hochets, de poupées, des capucins de cartes, et divers jouets d'enfans. L'orchestre joue l'air:* L'enfant dormira tantot.)

Comme on s'amuse dans cette île!... on y jouit de tous les agrémens de la vie : quand on veut prendre un repas, il faut aller à la chasse pendant toute la journée après des animaux qui n'ont pas toujours la complaisance de se laisser prendre... alors, bernique... pas de quoi manger... comme c'est agréable!.. Si par malheur on n'a pas récolté de vin dans l'année, comme il n'y a pas de rivières, on n'a pas d'autre boisson que celle qui vient d'en haut... il faut se contenter de ce triste nectar à l'instar des canards... Comme c'est agréable. Lorsque bien fatigué des courses de la journée, je crois au moins pouvoir goûter un peu de repos; les hiboux, les chouettes, les chauve-souris, et autres animaux de cette gentillesse viennent par leurs hurlemens effroyables, me réveiller en sursant... enfin rester sans boire, ni manger, ni dormir, voilà la vie que nous menons ici... comme c'est agréable!... ne jamais voir personne... être toujours seul au vis-à-vis de soi-même... quand je dis seul... c'est-à-dire avec de la compagnie.

Air : *Trouver le bonheur en famille.*

Est-il de plus doux passe-tems,
De sociétés plus honnêtes,
Je suis avec les chats-huans,
Les rats, les taupes, les chouettes?

Parmi ces animaux charmans,
D'ivresse ici mon cœur pétille :
Quoiqu'éloignés de mes parens,
Je me trouve encore en famille.

Ce serait fait de moi, si j'étais surpris seul ici par les charbonniers qni sont établis dans cette île, lesquels m'auraient fait passer un mauvais quart-d'heure, si M. Gilles-Robinson, mon maître, ne m'eût arraché de leurs bras. Il ne s'agissait de rien moins que de passer à la savatte... que cela seulement, parce que j'ai voulu quitter l'état du charbon; je n'y pouvais pas mordre : on ne me faisait que des noirceurs... et puis toujours dans le charbon, ça aurait fini par me gâter le teint. Au lieu qu'avec M. Gilles Robinson je suis heureux comme un bienheureux... je ne manque de rien quand j'ai le bonheur d'avoir tout ce qu'il me faut. Mais à propos de cela, il m'a dit qu'un homme sage devait toujours s'occuper, il faut que je suive son conseil. (*Il va s'asseoir auprès de la table, et s'amuse avec des polichinelles.*) C'est celui-là qui est songe creux... comme il en sait long!.. il fait des discours superbes auxquels je ne comprends rien; il ne s'apperçoit pas que je baille en les écoutant, c'est égal, il va toujours son train. Je crois l'entendre... c'est lui-même; ne faisons pas semblant de le voir. (*Il joue.*)

SCENE II.

GILLES-ROBINSON *revenant de la chasse ;* ARLEQUIN.

GILLES

Comme il s'occupe utilement !.. je ferai quelque chose de ce garçon là...

ARLEQUIN *à part.*

M. Gilles me guigne ; redoublons de zèle.

GILLES

Bien, mon ami, je vois que tu profites des mes sages leçons... j'aime que l'on s'occupe Vendredi.

ARLEQUIN

Le vendredi comme les autres jours, ça m'est égal........ je travaille toujours.

GILLES

Je dis Vendredi, parce que c'est le nom que...

ARLEQUIN

En voilà assez... Je sais ce que vous allez dire...

GILLES

Si tu ne veux pas que je le dise, dis-le toi ; au moins.

ARLEQUIN

Soit.

Air : *à la Monaco.*

Un vendredi,
C'était l'après-midi,
En dégourdi,
Vous me sauvez la vie ;
Moi, tout roidi,
J'entre le samedi
Dans ma folie,
Et je reste étourdi.
Pourtant j'allai mieux le dimanche ;
Et le lundi,
Ainsi que le mardi,
Vous me trouvez l'ame assez franche,
Vous me prêchez mercredi
Et jeudi.

ENSEMBLE.

Un vendredi, etc.

GILLES

Comment, mon cher Vendredi, tu te souviens de tout cela.

ARLEQUIN

Jusqu'au moindre détail m'est resté dans la mémoire.

GILLES

Conte-moi tout d'un bout à l'autre, je t'en prie.

ARLEQUIN

Il faut donc que je recommence ce que j'ai dit :

GILLES

Qu'est-ce que cela fait ?... va : je suis tout oreille,

ARLEQUIN

Au moment où ils me tenaient.

Air : *de la Vaudreuil.*

Vous regardâtes,
Vous approchâtes,
Vous me sauvâtes
Des coups de savates ;
Vous m'arrachâtes
D'entre les pattes
Des charbonniers,
Mes cruels meurtriers.
Puis avec vous bientôt vous m'emmenâtes ;
De mille soins alors vous me comblâtes ;
Vous m'expliquâtes,
Vous m'enseignâtes
La connaissance de mes dieux pénattes :

Car vous m'aimâtes,
Vous m'estimâtes
Tout comme si
J'étais natif d'ici.
Arrivé là,
Vous me parlez déjà
De la belle Mama,
Qui pour vous s'enflamma,
Et qui vous épousa
Pour vous rendre papa
Du plus aimable fils
De tout votre pays.

Je puis recommencer encore une fois.

Vous regardâtes, etc.

GILLES

Mais enfin, que serais-je devenu depuis le tems que je suis dans cette île... seul... sans ressources... Si je n'avais eu mon industrie ?..

ARLEQUIN

C'est donc bien vrai que vous y êtes pendant vingt-sept ans... J'ai toujours cru que c'était un paquet que vous m'aviez conté.

GILLES

Non, mon cher Vendredi, ce n'est point un paquet.

Air : *Va-t-en voir.*

Heureux en mourant de faim,
Je restai tranquille.
J'ai pu sans pain et sans vin
Vivre dans cette île.
L'orchestre joue :
Va-t-en voir s'ils viennent.

Ce qui m'afflige pourtant,
C'est qu'avec sa mère,
Je laisse un charmant enfant
Dont je suis le père.
L'orchestre joue ;
Va-t-en voir s'ils viennent.

ARLEQUIN

Voilà ce que c'est que d'avoir voulu quitter vos párens pour voyager.

GILLES

Est-ce que l'on est le bourgeois de çà. J'étais séduit par l'exemple de tant de fameux naturalistes.

Air : *Femmes, voulez-vous éprouver.*

Linné, Lapeyrouse, Buffon,
Des longs trajets qu'ils ont su faire,
Laissent des écrits qui, dit-on,
Peuvent nous instruire et nous plaire.
Pourraient-ils n'être pas charmans,
Partout ils ont, d'une main sûre,
Ecrit leurs ouvrages savans
Sur les genoux de la nature.

Je dis que c'est tapé, çà.... Je te dirais bien encore des grandes tirades remplies de belles phrases, car c'est mon fort ; mais la journée n'est pas assez avancée. Lorsque la nuit nous couvrira de ses sombres voiles, je t'en dirai qui seront de longueur, et cela pourra te produire de l'effet.

ARLEQUIN

Je vous serai obligé, car depuis long-tems je ne peux pas dormir.

GILLES

Mais je perds à des discours oiseux un tems précieux ... Reprenons nos travaux accoutumés. (*Ils vont s'asseoir auprès de la table ; il met des épingles à une poupée.*) Où en es-tu ?

ARLEQUIN

Je n'ai plus qu'une pelure d'oignon à mettre, et mon mirliton est fini.

GILLES

C'est bien, mon cher élève ; souviens-toi qu'il faut cultiver les arts, et qu'en quelque circonstance que l'homme se trouve ; il peut faire tout ce qu'il peut ; pour peu qu'il soit un peu malin.

ARLEQUIN.

Il est vrai que vous êtes adroit comme un singe, vous ; témoin cet habit que vous vous êtes fait..... Mais je suis encore à savoir pourquoi vous avez préféré la peau d'un ours à toute autre.

Air : *Et ne vendez la peau de l'ours.*

A votre taille leste et belle,
Cette peau d'ours ne va pas mal ;
Pourtant vous pouviez prendre celle
D'un plus gracieux animal.

GILLES

Mon personnage ne doit plaire
Qu'aux misantropes de nos jours ;
Je m'affuble d'une peau d'ours
Pour mieux saisir mon caractère.

ARLEQUIN

Ah ! çà, je vais faire un tour dans l'île... Il y a à sauter, et c'est là que je brille. (*Une pie appelle :* Arlequin-Vendredi. *Il revient.* Vous m'appelez mon maître.

GILLES

Non, mon homme. (*Même jeu. Il revient encore.*)

ARLEQUIN

Ah ! pour cette fois,.. Ah ! mon maître, c'est la pie. Si je n'avais pas peur de ton petit tonnerre, comme je les ferais bien taire... Toutes les pies de l'endroit vont faire de même, et dans toute l'île on entendra : Arlequin-Vendredi.... *Il sort. les pies répètent : Arlequin-Vendredi.* (*Il revient.*) Maître Gilles, j'entends quelqu'un ; ce sont ces maudits charbonniers, traînant un homme avec eux... Ils viennent de ce côté ; je crois qu'il n'est pas prudent de les attendre. Cachons-nous pour les observer

GILLES

Mais ce moyen est usé.

ARLEQUIN

Quand on ne peut pas en inventer de neuf, il faut bien en employer qui soient connus de tout le monde.

GILLES

Tu crois donc que c'est bien difficile de trouver du neuf ?

ARLEQUIN

C'est difficile, si l'on veut.

Air *des portraits à la mode.*

Jadis on voyait bâti sur un plan neuf
Plus d'un ouvrage écrit d'un style neuf,
Et terminé par un dénouement neuf.
A présent on offre sans cesse
Grands cris, fracas, que l'on trouve encor neufs ;
Balets, décors, sur-tout costumes neufs,
Auteur, acteurs qui souvent sont très-neufs,
Et tout paraît neuf dans la pièce.

GILLES

Cache notre petite volaille. Ils viennent. Je te laisse exposé au plus grand danger, et moi, je vais me cacher.

(*Ils entrent dans la cabanne et tirent le rideau.*)

SCENE III.

ARLEQUIN, GILLES, *cachés.* GLOUGLOU, les Charbonniers.

LES CHARBONNIERS

Air : *On va lui percer le flanc.*

On va l'immoler ici,
En plan, pli, ritipli
Tirelire ipli.
Un Charbonnier.
Mes enfans, avant ceci,
Je voudrais bien vous dire...
Un autre Charbonnier.
Que voudrais-tu nous dire !
Le premier Charbonnier
Rentamplan tire lire.
Tous.
On va l'immoler ici
En plan, pli, ritipli
Tirelire, ipli.
On va l'immoler ici.

GLOUGLOU

Comme je vais donc rire.

ARLEQUIN, *à part.*

Quel coup ! c'est mon petit papa !..

UN CHARBONIER *à Glouglou.*

Tu vois Glouglou, à quoi l'on s'expose, quand on veut faire le récalcitrant.

GLOUGLOU

Quel supplice me réservez-vous ?

UN CHARBONNIER

Cinquante coups de savate.

ARLEQUIN, *à part.*

Quelle horreur...

GLOUGLOU

Rien ne peut m'intimider. Puisqu'il le faut je la goberai sans murmure.

UN CHARBONNIER

En ce cas, dispose-toi à les recevoir.

GLOUGLOU

Ça va. (*Ils se mettent sur deux rangs, et le passent à la savate.*)

Air :

Envain on s'imagine
Que je crains le trépas ;
Vous voyez à ma mine
Que je ne tremble pas.
Chacun ici d'avance
Peut bien se réjouir.
Rossez-moi d'importance,
Ca va me divertir.

ARLEQUIN *à part.*

Ca fait, ça fait toujours plaisir.

(*Toujours caché.*) Mais à propos, ne devrais-je pas en bon fils sauver cette algarade à mon père ?...

GILLES, *caché*

Ta réflexion est un peu tardive.

ARLEQUIN

Vaut mieux tard que jamais. (*Il souffle dans un sac à poudre, et le fait claquer. Les charbonniers effrayés se dispersent. Glouglou et Arlequin tombent comme morts.*)

SCENE IV

GLOUGLOU, GILLES, ARLEQUIN.

GILLES, *relevant Arlequin*

Qu'as-tu donc, Arlequin ? serais-tu blessé ?

ARLEQUIN

Non, je suis mort.

GILLES

Ce n'est rien. Relève-toi.

ARLEQUIN

Et mon père, qu'est-il devenu ?

GILLES

Il attend que tu ailles te jetter dans ses bras ; n'est-il pas vrai, bon-homme ?

GLOUGLOU

Il y a long-tems qu'il aurait dû le faire, puisqu'il était si près de moi.

ARLEQUIN.

Maintenant qu'il n'y a plus rien à craindre, je puis faire la reconnaissance... Ah !.. papa... ah !.. Glouglou...

GLOUGLOU

Ah ! Arlequin-Vendredi !..

ARLEQUIN.

Et d'une...

GILLES.

Vous devez avoir besoin de manger. Venez dans notre habitation. La partie des comestibles y est assez soignée pour le quart-d'heure.

GLOUGLOU.

Je n'ai besoin de rien ; mais je prendrai bien quelque chose.

ARLEQUIN

Du fil en trois, quarante-deux degrés : ça vous fera du bien.

GLOUGLOU

Glouglou accepte ; va pour le fil en trois. (*Ils entrent dans la cabane.*)

SCENE V.

SUCRE-CANDI, TAQUIN.

SUCRE-CANDI.

Mais quels sont tes projets en les amenant ici ?

TAQUIN

Me venger de cette petite mijorée de Mama.

GILLES, *les observant.*

Mama !... (*Il reste et les observe*).

TAQUIN

Qui se donne les tons de refuser les offres honnêtes que je lui faisais d'oublier son mari pour m'aimer.

SUCRE-CANDI

Ah ! Taquin, tu as du être bien taquiné de son refus... toi, l'un des plus gros marchands de bois de l'île Louviers.

TAQUIN

Et toi, Sucre-Candi, qu'en dis-tu, de n'avoir pu, dans le bâteau, en conter à la bonne de Mama ?

SUCRE-CANDI

Ah ! la vieille Desbêtises... Aussi elle sera conduite ici avec l'Endor, le fils de Mama.

TAQUIN

Et Don-Gigot, le frère de ma belle indifférente, qui m'a mis trois jours à fond de cal, pour l'avoir prié de servir mon amour auprès de sa sœur Mama.

SUCRE-CANDI

Mais enfin, lorsqu'ils seront ici, Taquin, qu'en feras-tu ?

TAQUIN

Quoi! c'est Sucre-Candi qui me demande une semblable demande? Ne vois-tu pas cette forêt...

SUCRE-CANDI

Je devine..,

TAQUIN

Cependant, comme Mama est rentrée dans le bâteau, il faut l'y laisser. Pendant que les autres auront l'agrément d'être dévorés dans la forêt, nous la rejoindrons, et nous cinglerons pour l'île Louviers, où je la forcerai bien de répondre à mon amour.

SUCRE-CANDI

Voilà les mariniers qui amènent les réb lles par ici.

SCENE VI.

Les Mêmes, DON-GIGOT, L'ENDOR, DESBÊTISES, *tous trois enchaînés*, les Mariniers.

LES MARINIERS.

Air : *Allons aux prés S. Gervais*

S'il vous plait,
Dans la forêt
Goûtez le frais
Des feuillages épais ;
Avec les cerfs et les loups,
Oui, vous serez comme chez vous

DESBÊTISES, *à Taquin.*

Quoi! malheureux, tu t'avises
D'être pour nous si brutal!

TAQUIN.

Dites-moi bien des sottises,
Çà m'est égal.

LES MARINIERS.

S'il vous plait, etc.

DESBETISES

Mais cruel, nous allons mourir de faim.

SUCRE-CANDI.

J'en suis fâché, Mad. Desbétises ; la partie des vivres n'est pas de mon ressort.

L'ENDOR.

Mauvais Sucre-Candi!... Est-il dur!

D. GIGOT.

Taquin!

TAQUIN

C'est inutile, mon cher D. Gigot... Tu sais que Taquin n'a jamais aimé qu'on le taquinât.

D. GIGOT.

Pourquoi n'avoir pas amené notre ami Latombe?

SUCRE-CANDI.

Qui... ce marinier qui ne parle qu'en termes techniques... Comme on peut se passer de lui, nous l'avons laissé à fond de cal pour lui donner le tems d'étudier encore quelques termes de marine... Adieu. Faisons frime de nous en aller, et cachons-nous. (*Taquin et Sucre-Candi sortent avec les mariniers.*)

SCENE VII.

GILLES, ARLEQUIN et GLOUGLOU, *sortant de la cabane;* D. GIGOT, L'ENDOR et DESBÊTISES, *enchaînés.*

GILLES

Que vois-je? l'Endor...

L'ENDOR

Mon papa. (*Reconnaissance*).

ARLEQUIN, *à part.*

Et de deux... J'ai reconnu mon papa, il reconnaît son petit garçon... Çà fait fait déjà deux reconnaissances ; il faut que je m'amuse à les compter, car il y en a plusieurs.

GILLES.

Ciel ! c'est lui... D. Gigot...

D. GIGOT.

Mon frère, Gilles-Robinson !

ARDEQUIN, *à part.*

Nous avons dit deux... Et celle-là, c'est trois.

D. GIGOT.

Mon cher frère, que nous cherchions par terre et par mer depuis trois jours.

GILLES.

Ah ! Gigot... on n'est pas plus tendre... Quelle abomination ! voyez les manches de Gigot déchirés par les chaînes... Vous avez donc vu bien du pays ?

D. GIGOT.

Nous avons vu l'Angleterre et la France. Vous, mon frère, vous connaissez aussi ces deux nations, que je présume..... Qu'en dites-vous ?

GILLES

Air : *Tenez, moi, je suis un brave homme.*

J'ai vu l'Angleterre et la France,
Et je connais ces deux pays ;
Pour bien savoir ce que j'en pense,
Ecoutez bien ce que j'en dis :
Les Français sont polis, aimables,
Et sur-tout prompts à s'égayer...
Les Anglais beaucoup moins affables
N'ont de poli.. que leur acier.

Air *du vaudeville de l'Avare.*

Sans redouter les épigrammes,
Disons pour finir ce propos
Que les Français aiment les femmes,
Les Anglais aiment les chevaux.
Mais dans l'art de quelques vétilles,
Le Français, l'Anglais sont rivaux,
L'un met des pointes à ses mots,
Et l'autre en met à ses aiguilles.

GILLES

Mais où est donc l'Endor ?

D. GIGOT.

Il s'endort.

GILLES

Tu t'endors, l'Endor ?...

L'ENDOR

Que voulez-vous que je fasse là ? Je vous ai reconnu, je n'ai plus rien à faire. Bon soir, je tappe de l'œil.

GILLES

Mon cher petit l'Endor... Il est l'aîné de mes enfans....... Je n'ai jamais eu que lui.

ARLEQUIN

Mais à propos d'enfant, ne devrions-nous pas vous ôter vos chaînes ?

D. GIGOT

Cela serait bien facile, si nous voulions... Il n'y aurait que cela à faire (*geste*) Mais il faut que ce soit vous qui les ôtiez.

ARLEQUIN

Après cela, j'irai chercher les armes, et nous irons au-devant de Mama.

Air de *Jean Monnet*.

Nous aurons pour la bataille
Gourdins et sabre de bois,
Haches, pistolets de paille,

D. GIGOT

Bon, car nous sommes, je crois,
Obstinés,
Mutinés...
Vite, ôtez-nous donc nos chaînes,
(*Arlequin les délivre*)
Et nous nous battrons sans peine
Tous comme des déchaînés.

DESBÊTISES

Air *de la Croisée*.

Vous m'armez aussi, sur ma foi,
Me battre est ce que je desire;
Mais cependant écoutez-moi,
J'aurais quelque chose à vous dire.

GILLES

Il faut se battre auparavant,
Et qu'importe ce que tu dises,
Certe, ce n'est pas le moment
D'écouter des bêtises.

DESBÊTISES

En ce cas, allons vite au bateau de Mama.

L'ENDOR

Qui sera le sergent de la patrouille?

TOUS

Gilles-Robinson, Gilles-Robinson.

GILLES

J'accepte... voyons... en rangs... portez armes... Faites-donc plus de bruit que cela avec vos armes... Il faut que le cliquetis des armes se fasse entendre... Vous oubliez donc que c'est à grands spectacle... En avant marche... pas de charge... Cependant, j'aurais bien voulu, avant de partir, vous montrer mes petit ouvrages.

D. GIGOT

Soit.

GILLES

Alte !... (*Gilles, Arlequin, D. Gigot et Desbêttses, entrent dans la cabane.*)

L'ENDOR.

Je vais toujours partir devant avec Glouglou.

GLOUGLOU

Oui, allons vers Mama avec notre monde. (*L'Endor et Glouglou sortent avec les mariniers.*)

GILLES, *dans la cabane.*

Voici ma chambre à coucher.

DESBÊTISES

Elle est fraîche!

GILLES.

Voulez-vous la visiter.

D. GIGOT

Volontiers. Mad. Desbêtises restera ici... (*Ils sortent.*)

SCENE XIII.

DESBÊTISES, SUCRE-CANDI *dans la cabane.*

DESBÊTISES, *elle prend un pot à confiture, et goute à ce qu'il renferme.*

Pua... que c'est mauvais...

SUCRE-CANDI, *à part.*

Il faut s'emparer de la vieille.

DESBÈTISES, *prenant une bouteille.*

Et ceci... (*Elle boit.*) Ah... c'est du cidre, et je dis du bon. (*Elle voit Sucre-Candi.*) Ciel...

SUCRE-CANDI.

Ne crie pas... ou tu es perdue : mettons-là dans le souterrain. (*Il la descend dans le souterrain.*)

DESBETISES

Ah... mon dieu dans le souterrain aux fusées, quel artifice. (*Elle est dans le souterrain.*

SCENE IX.

TAQUIN *arrivant*, SUCRE-CANDI, ARLEQUIN, *sortant de la chambre à coucher.*

ARLEQUIN

Quelqu'un ici, où me cacher?.. ah !.. sous cette peau de lapin.

SUCRE-CANDI

Voyons s'il n'y a personne. (*Ils cherchent.*)

TAQUIN

Je vais avertir les autres ; nous partagerons ce qu'il y a ici.

SUCRE-CANDI.

Va, que le partage se fasse promptement, sans que personne ne soit friponné ; car j'ai de la delicatesse. (*Taquin sort.*)

SCENE X

SUCRE-CANDI *se croyant seul*, ARLEQUIN, *caché.*

SUCRE-CANDI, *cherchant.*

Ceci... ce sont des papiers... je les laisse. Ah... ah... une cassette... une babatière, (*Il l'ouvre.*) Quelle prise. Puisque je vais attendre les autres... (*D. Gigot, Gilles, vont pour sortir de la chambre : Arlequin leur fait signe de rentrer, ils rentrent.*) Cependant... ne leur rien donner du tout, c'est m'exposer... il y a dans cette cassette des petits écus et des pièces de douze et quinze sous, on peut s'arranger.

Air : *la Boulangère a des écus.*

J'empoche les petits écus,
(*Il met des poignées d'argent dans sa poche.*)
Et laiss pour le reste
Pièces de douze sous et plus,
Certes, je suis modeste...
C'est ce qu'on appelle à présent
De la délicatesse, vraiment,
De la délicatesse.

ARLEQUIN

Tu les rendras, c'est sûr...

SCENE XI.

Les Mêmes, TAQUIN, Les Mariniers

TAQUIN.

Eh bien, as-tu trouvé quelque chose ?

SUCRE-CANDI

Oui, voici une cassette.

SCENE XII.

Les Mêmes, D. GIGOT, GILLES, *armés.*

(Combat. Gilles et D. Gigot sont vaincus et emmenés par les autres. Après le combat, Arlequin sort de de dessous la table.

ARLEQUIN *à Sucre-Candi.*

Rends la tabatière.

SCENE XIII

ARLEQUIN, *seul.*

Ouf... que faire... mon maître est en leur pouvoir... mon cher Gilles... Je donnerais ma vie pour lui... si j'avais été sûr de ne rien attrapper, j'aurais bieu essayé de le venger; mait j'ai trouvé plus prudent de rester dans ma cachette. Que vois-je ?.. L'endor...

SCENE XIV.

ARLEQUIN, L'ENDOR.

ARLEQUIN

Vous arrivez comme mars en carême.

L'ENDOR

Pour...

ARLEQUIN

Apprendre que votre papa et votre oncle sont au pouvoir des ennemis ; mais ne craignez rien, Glouglou, mon petit papa va venir à la tête d'un détachement de charbonniers... Il m'a dit qu'il avait inventé un moyen qui produira de l'effet.

L'ENDOR

Hélas ! quel effet peuvent produire des charbonniers, si ce n'est de noircir tout le monde... Moi justement, qui crains l'effet du charbon... comme le feu. (*On entend sonner de la trompette.*

ARLEQUIN

Ce sont eux. (*Il grimpe sur un arbre.*)

SCENE XV.

Les Mêmes, GLOUGLOU, Troupe de Charbonniers.

GLOUGLOU, *aux Charbonniers.*

Alte-là, charbonniers.... N'oubliez pas de faire ce que vous savez bien avec vos éventails... Cachez-vous bien.

L'ENDOR

Tiens, comme c'est farce... Mais on les verra à travers, ce n'est pas du tout vraisemblable...

GLOUGLOU.

Ne t'avises pas de trouver cela mauvais ; c'est bien joliment imaginé.

ARLEQUIN, *sur l'arbre.*

Voici M. Gilles et D. Gigot que l'on amène ici... Ils sont enchaînés.

GLOUGLOU

Tant mieux... Cachez-vous pour un petit moment, et ne paraissez que quand je crierai fait à fait... (*A part.*) Mes charbonniers savent leur rôle. Je puis jouer à cache-cache. *Il se cache.*

SCENE XVI.

Les Mêmes, TAQUIN, SUCRE-CANDI *ramenant* D. GIGOT et GILLES, *qui sont entourrés de mariniers.*

(*Les charbonniers se couvrent d'éventails verts, et restent en place. Glouglou et l'Endor sont devaut eux.*)

SUCRE-CANDI

Je savais bien que nous ne pourrions pas sortir de l'île avec eux, et que nous serions obligés de les ramener dans la forêt.

TAQUIN

Eh bien, çà les a promenés. Mais il y a vraiment des choses curieuses ici. (*Ils regardent un piquet, qui est le calendrier de Gilles. Pendant ce tems, les charbonniers, couverts d'éventails verts, délivrent D. Gigot et Gilles, et les emmènent.*)

Air : *Ah ! le bel oiseau.*

SUCRE-CANDI

De ce Gilles-Robinson,
C'est l'almanach immobile.

TAQUIN

Moi, je ris de sa façon.

SUCRE-CANDI

Il n'en est pas moins utile.

TOUS

Ah ! le beau calendrier
Que nous trouvons dans cette île,
Ah ! le beau calendrier,
Comme il va nous égayer.

SUCRE-CANDI *croyant parler à Gilles.*

Dites donc, Gilles-Robinson.... Ciel ! que vois-je....

TAQUIN

Quoi !

TOUS

Quoi !

SUCRE-CANDI

Je vois que je ne vois rien.... Où sont-ils donc ?

Don Gigot, Gilles, l'Endor et Glouglou reviennent avec les Charbonniers. Combat. Les charbonniers sont vainqueurs. Sucre-Candi et Taquin morts.

GILLES

A présent, allons prendre ce qu'il y a de plus précieux dans ma cabanne, et nous aviserons encore une fois aux moyens de sauver Mâma. (*Ils rentrent dans la cabanne, et ne sont plus vus.*)

SCENE XVIII.

ARLEQUIN, GILLES, *revenant de la cabanne, étant chargés de jouets d'enfans.*

GILLES

Prends bien garde de rien gâter, que nous puissions montrer nos chefs-d'œuvres, sans qu'ils soient dégradés.

ARLEQUIN

Soyez donc tranquille. (*Ils emballent*).

SCENE XIX.

ARLEQUIN et GILLES *dans la cabanne.* MAMA.

MAMA *seule.*

Air : *Des montagnes de la Savoie.*

Courant de rivage en rivage,
Pour voir l'objet de mes amours,
J'aborde en cette île sauvage,
Après un trajet de trois jours.
J'y manquerai de subsistances,
Mais je vivrai d'amour, de pleurs
et d'espérances.

Mais à présent, il faut trouver mon homme : où est-il niché ? Depuis le tems qu'il est loin de moi, il m'aura peut-être oubliée. Arrête, arrête, trop injuste Mama ! Quoique tu dis ! c'était un si bon homme que mon homme!... Un peu sur sa bouche, par exemple ; car quand j'avais dans mes baquets queuque beaux poissons, c'était pour mon homme. Les brochets sur-tout.. oh ! pour cette légume la, c'était son régal. Mais ousqu'il est cet époux ? (*Elle va de tous côtés, et l'orchertre joue l'air de la Clochette : Mon cher agneau, quel triste sort.*) Je le demande envain aux échos : Gilles-Robinson... Gilles-Robinson.

GILLES, *dans la cabane.*

On a prononcé mon nom.

ARLEQUIN

C'est sans doute votre pie.

GILLES

Cette voix me va jusqu'au cœur... Elle me rappelle celle de Mama... je veux m'en éclaircir. (*Il sort de sa cabanne.*) Me trompé-je ?..

MAMA, *voyant Gilles.*

Que vois je ?..

GILLES.

Ais-je la berlue...

MAMA

Voilà ma dernière heure... Jour de dieu qu'il est laid...

GILLES

C'est... c'est...

MAMA

Il va me dévorer... oh... l'affreux animal... c'est mon homme.

GILLES

C'est ma femme... c'est ma Mama... (*Ils s'embrassent.*)

MAMA

Mon Robinson...

GILLES

Ma Mama...

MAMA

Oui, c'est ta Mama...

ARLEQUIN

C'est sa Mama... Et de quatre... c'est la dernière... quatre reconnaissances en moins d'une heure... il n'y a pas de sensibilité qui puisse y résister... (*Mama s'évanouit, et se laisse tomber par terre. Gilles lui claque dans les mains pour la faire revenir. L'orchestre joue : Jamais je ne t'ai vu comme ça.*)

GILLES.

Prends une goutte de cassis, j'ai du cassis dans ma cassette, ça te feras du bien. (L'orchestre joue : *Je ne dis qu'ça fasse du mal, mais j'naime pas ça.*) Comment, Mama, vous ve- de si loin pour me voir... (*A part.*) Je m'en serai bien passé.

MAMA.

Et oui, mon bijoux.

GILLES.

Air : *l'amour ainsi qu'la nature*

Quand je fuyais ta présence,
Pour me voir. . Ah! c'est je pense
Venir de trop loin aussi,
Car de notre ville ici
On compte au moins, je l'assure,
Cent kilomètres, Mama.

MAMA

L'amour ainsi qu'la nature
N'connait pas ces distances-la.

VAUDEVILLE FINAL.

Air du Vaudeville du Mameluck.

GILLES

Robinson le solitaire,
Dans son paisible séjour,
Certes, ne s'attendait guère
A revoir la France un jour.
Pensait-il que de la sorte,
Venant à Paris, soudain,
Il serait mis à la porte...
A la porte Saint-Martin.

ARLEQUIN

Plus d'une aimable danseuse,
Chez les acteurs, nos voisins,
Charme la foule nombreuse
Par ses pas toujours divins;
Bien qu'un joli pied transporte
Rien n'est plus léger, plus fin
Que le *Talon* de la porte ..
De la porte Saint-martin.

MAMA, *au Public.*

Notre auteur est incapable,
Malgré c'timitation,
D'imiter l'auteur aimable
Qui mit en scèn' Robinson;
Mais s'il ne peut faire en sorte
De l'suivre au Parnasse, enfin,
Fait's qu'il reste auprès d' la porte...
De la porte Saint-Martin.

(Gilles-Robinson, Arlequin-Vendredi, Glouglou, L'endor, D. Gigot, Mama, les Mariniers se portent sur la montagne, les Charbonniers viennent implorer leur grâce. On voit descendre un balon qui enlève Gilles-Robinson et Mama. Tableau général qui termine la pièce.)

FIN.

www.ingramcontent.com/pod-product-compliance
Ingram Content Group UK Ltd.
Pitfield, Milton Keynes, MK11 3LW, UK
UKHW020459220726
13923UKWH00006B/2646